澄远堂题跋

图书在版编目(CIP)数据

澄远堂题跋 / 李靖著.--天津:南开大学出版社,
2013.2

ISBN 978-7-310-04104-6

Ⅰ.①澄… Ⅱ.①李… Ⅲ.①题跋-中国-
当代-选集 Ⅳ.①I267

中国版本图书馆 CIP 数据核字(2013)第 006518 号

南开大学出版社出版发行

出版人:孙克强

作者:李靖

责任编辑:刘晓　宋立君

装帧设计:周桐宇

扉页题签:来新夏

限量版藏书票设计:李桂金

地址:天津市南开区卫津路 94 号　　邮政编码:300071

营销部电话:(022)23508339　23500755

营销部传真:(022)23508542　　邮购部电话:(022)23502200

*

天津市蓟县宏图印务有限公司印刷

全国各地新华书店经销

*

2013 年 2 月第 1 版　　2013 年 2 月第 1 次印刷

185×110 毫米　32 开本　5 印张　4 插页　76 千字

定价:56.00 元

如遇图书印装质量问题,请与本社营销部联系调换,电话:(022)2350712

序

　　曹子桓云：立言著书，可以不朽。虽古人之志，有今人不可及者，然西园烟月，实启文心，东门贤友，深契雅怀，爰欣于寸锦，聊捐尺璧，斯亦古贤者之道也。

　　厚甫兄职充台谏，风声久著，退食自公，诗文自适。细语娓娓，如熏风扇微和，宏言田田，若黄钟发大吕。

　　今厚甫兄积水成渊，命予为序，敬缀数语，以推波而助澜之云耳。

　　壬辰初秋，安溪白谦慎于波士顿云庐。

丹青玄鉴　澡雪精神
——霍春阳书画展引言

　　中国文人画源远流深，肇始可溯于汉。魏晋笔墨自娱，因寄所托。唐人得之象外，忘形造理。文人画之盛，莫过于宋元，上承晋唐，下启明清。东坡"笔所未到气已吞"，托方寸于万里；云林"只傍清水不染尘"，写胸中之逸气。而子昂、玄宰分别开一代画风，文人画理论辗转臻于完善。清代"四僧"清冷孤寂，笔墨恣肆，将文人画引入野逸之流。

　　近人陈衡恪谓文人画有四要素：人品，学问，才情，思想。霍春阳先生数十年浸淫中国传统文化，沉潜往复，从容含玩。以胸中之勃勃，起画意之渊渊。笔墨含道映物，丹青味象澄怀。"落笔之

的飞跃。寄托于自然而又坐望于山水，这样的作品，对欣赏者的启发，方能复归到"看山还是山"的境界。

古人说，书画之妙，当以神会。摄影作品的妙处何尝不是如此。当我们一帧帧地欣赏这些艺术家撷取的片段自然的华章时，真的不必费心找寻她是从哪里来，这沁人心脾的清泉来自艺术家的心底，又流入我们的心头，而这一切的一切，都是因为有着源头活水——自然。

透过艺术家的眼睛，自然的流光溢彩焕发出崭新的生机，我们不禁要在参悟自然与人生的同时，感叹艺术家笔下墨飞色舞的美妙，镜头中光影和谐的神奇。

（原载二○○七年第六期《黄河》）

香梦十里过荷塘

——《霍春阳摄影作品集·荷花卷》序

画家霍春阳笔底的荷花宁静幽远，水与墨的交融，正折射出光与影的和谐。

荷花世界梦皆香。田田的莲叶一碧接天，藕香深处，莲房含露，朵朵荷灯绽放，引得灵禽来赏。红光绿影共徘徊，凝成十里香梦，掠过夏日的荷塘。

画家在镜头中撷取荷花仙子的千姿百态：盛开的，热情奔放；初绽的，端庄矜持；含苞的，羞涩婉约。支支芯蕊如长长的眼睫，片片花瓣似美丽的裙裾。清风徐来，水面间皱起的涟漪是丝丝不断的思绪；细雨过处，荷叶上散落的露珠是宛若晨星的惆怅……

"草"、"涩"、"拙"三个字来概括。

霍春阳的题画书法多用草书，任意挥洒，与他的画异曲同工。霍春阳小时侯写过柳公权的《玄秘塔》，后来又临《曹全碑》、《张迁碑》、《石门颂》，这些都为他后来书法的进境打下了基础。对于草书，霍春阳曾经喜欢于右任"开张天岸马"的气势，其后，"复归平正"，开始追求《急就章》。我们从他现在的题画书法中，可以搜索到的是更多的章草笔法和韵味，往往逸笔草草，"取其意气所到"。

霍春阳的画追求"静中有动"、"平中寓奇"，对书法也是如此。他喜欢傅山的书法，在草书中蕴有静气。体现在霍春阳自己的题画书法创作中，既有灵动的一面，也有沉静的一面，这两者的统一，便是一种"涩"的感觉：其用笔多飞白，其行气多沉着，其章法多内敛。看似珠算布子，实则一气呵成；并非深思熟虑后落笔，而是真情的自然流露。

霍春阳崇尚弘一大师的书法，仰慕其"秃笔作真书，淡静前无古"的境界。在霍春阳的书法中，明显吸收了弘一"大巧若拙"的创作风格，以秃笔着纸，把绘画的笔法注入书法中，以"画"入"书"。清人赵之谦曾说："'拙'与'野'绝不同，

'拙'乃笔墨尽境。"正像一些书家的"拙"得自金石之趣一样，霍春阳书法的"拙"则来自画境。从一九九六年出版的《霍春阳画集》中不难发现，霍春阳题画书法的变化，是与其绘画风格变化同步的，从中可以体会到一种书与画的和谐，甚至有的笔法"书中有画"，"画中有书"，雄雌难辨。霍春阳本人觉得，绘画与书法虽然都是线条的运动，但书法对线条质量的要求更高。

近日与霍春阳谈到本文开头所说的"故事"，他听后淡然一笑未置一词。而我想，之所以"真亦假"，其书法的"草"与"涩"与"拙"，或许还是此中的因由呢。

（原载一九九八年十月十七日《天津日报》）

学问。

此次结集的当代十位印家，师承各异，禀赋不同。印学之外，或善书画，或精诗词，或富收藏。眼底江山，纸上烟云，笔下风骚，熔铸于铁笔一端，纵情挥运，异派而同流。

十位印家平素不自标榜，躬耕印田不辍，今日联展结集，是当代津门印坛的一大检阅。特赘数语，以志先睹之幸。

庚辰岁杪，后学李靖谨识于沽上澄远堂。

注：结集十家为孙其峰、张牧石、华非、顾志新、孙家潭、董鸿程、穆奎信、韩征尘、刘铁英、张福义。

（原载二〇〇一年第十三期《香港书画报》）

萧朗画的情、趣、意

　　小写意花鸟画是津门画派的代表画风，在当代画坛享有重要的意义和地位。天津美术学院教授萧朗先生作为津门画派的创立者之一，以其数十年的经验，对这一画风的形成起到了重要的作用。

　　萧朗，名印钵，字朗，号萍香阁主人。他从三十年代起就师从著名花鸟画家王雪涛先生，后得齐白石、陈半丁等名家指点。萧朗的花鸟画取材广泛，尤以画鸡和草虫著名。九十年代初曾在深圳举办"百鸡（吉）画展"，在南国画坛引起很大轰动。

　　画坛上所称"王、萧画派"的提法，强调了萧朗对王雪涛花鸟画的继承与发展。但我们应该看到，由于时代的变迁与画家个人禀赋修养的差异，

萧朗画阿肥

　　七十年代，年过半百的画家萧朗在广西生活了近十年。在收入其画集的作品中，无论创作的题材、手法，以至回避浓艳、追求淡雅的色彩，都不难寻出南国生活对画家日后创作所产生的影响。

　　天津人民美术出版社的《萧朗画集》中，即收有画家在七十年代创作的两幅作品。其中一幅名为《阿肥》的作品，款署"写于邕城"，是画家一九七三年在广西创作的。画面是一头老母猪，体肥头大，两耳立起，鼻子前突，浑圆的臀部被画家处理在画面上方，这一倒立的样子让人觉得"阿肥"仿佛是从坡上寻着什么香味款步走来。

　　萧朗在其《萍香阁论画》中说过："作画本旨

在于美，唯美才赏心悦目。"画家在创作这幅《阿肥》时，同样是着意化丑为美、写巧于拙的。画中的"阿肥"，头大而不笨，体肥而不蠢，再加上那两耳竖起、款步轻移的动感姿态，就更加显得妙趣横生。

这幅《阿肥》是画在广西特产的一种皮纸上，画家运用娴熟的水墨技巧，墨分五彩，现质现形，营造出写真的质感效果。萧朗每当谈到这幅画的创作，总是有一种"偶尔得之"、"可遇不可求"的感觉，这或许正是艺术家成功创作的"偶然"的体现。

在这幅画四边的绫子上，分别有天津四位老画家阎丽川、王颂馀、溥佐、孙其峰的题跋。五位津门画坛老友的笔墨相互映衬，情趣溢于纸上，也使这幅画显得更加珍贵。其中孙其峰在题跋中说："古人画猪者甚少，故传世之作不多见……近人王梦白、徐悲鸿皆有所作，虽偶一为之，亦可自成一格。萧朗道兄善花鸟，尤工草虫。此帧为其游戏之作，信笔点染，朴拙奇古，令观者耳目一新。"

徐悲鸿以画马闻名，在三十年代的民族危亡之际，曾画过一幅《墨猪》，并有题句曰："乞灵无术张皇甚，沐浴熏香画墨猪。"后来，黄苗子有文记之。

（原载一九九九年九月四日《天津日报》）

吸，银的水在奔腾，白的雾在犹疑，结构成一段自然的交响，热烈而奔放。

赵树松这幅画构图出奇制胜，用笔果断执着，都是"大胆落墨"的结果。它反映了画家深厚的写生功力，从搜尽奇峰的草稿之中，撷取特写精彩的片段，并予以再创造、再发挥。看山是山又不是山，因为那是画家笔底的山，是画家心头的山。

这幅画在光线感觉的运用上，明暗自然协调，流光徘徊，引人入胜。画名为"响雪"，是画家留给读者最后的思考：疑是银河的瀑布，你到底是从哪里走来？

（原载二〇〇一年九月七日《天津日报》）

远去的白桦林

那个下午，与老画家秦征对坐，听他兴致极高地回忆半个世纪前的"马训班"，时时哽咽；看他从厚重如城墙砖的《新中国美术五十年》画册中，找到那幅牵肠挂肚的《家》，眼中噙着泪花。

一上前去迎握他那抓了一辈子油画笔的手，感到厚实而温暖。老人记得"马训班"的诸多细节，在描摹着回忆的过程中，时而手舞，时而站立起来，比画着。我们的眼神和心绪，也随着他的手势到达那热烈的年代。

"马训班"就是人们常说的马克西莫夫油画训练班，一九五五年在北京开班，一九五七年毕业。二十多名学员中，走出了一系列当代中国油画大师。曾有人说，"马训班"成了"院长班"，因为班上多人后来都成了美术学院的院长。其实，"马训班"是大师班，中国当代油画创作的规模就是在那个时候已经有了轮廓。

老画家激动地回忆起当年在北京骑单车寻访毕业作品《家》的女主人公模特的情形，回忆起朱德元帅参观"马训班"汇报展在《家》前驻足良久的神情，回忆起"马老师"向朱德元帅介绍《家》时的话语。

家、家、家……一个下午，就从《家》开始，说开去，说到十年前七旬老人重新画《家》结束，而老画家意犹未尽，送我们到门口，目光依然眷恋，思绪肯定仍在五十年前。

老画家送我《速写选集》一册，有速写，有素描，也有木刻。我问：您的油画创作没有结集？老画家摇头，辛苦画了一辈子，自费几十万去出集子，想不通。

捧读画家的速写集，猛然想起"马老师"的一幅画：《远去的白桦林》。往事如深冬的白桦林，渐渐远去，好在有画家的画笔，记录刹那，载入永恒。

（二〇〇六年十一月二十一日）

铁马冰河入梦来
——读顾志新书法

《诗品》中说:"气之动物,物之感人,故摇荡性情,形诸舞咏。"书法正是以笔歌墨舞来抒发性情,是"心画"的艺术。顾志新先生的书法,以其突出的个性独步津门书坛,更兼画、印二艺,相互浸润,变化从心。

当年由于慕顾志新先生的书名,无缘谋面,又不甘心读印刷品的冷漠,便自备瓦当纸托友人转请书对联一副。联句是我选的:"精神到处文章老,学问深时意气平。"真迹到手,首先感叹的是笔墨的节奏,灵动而跳跃,不禁想起书家作书时,高拈笔管,万毫齐力在宣纸上舞蹈;也想见创作者定是一位性情豪爽的书家,定不乏诗人的气质。这是几年前的事情。

一九九八年夏天，《天津八家书法集》出版，蔚然大观。顾志新以年最长列八家之首，篆、隶、楷、行、草皆有大幅作品选入，展示了书家多方面的创作才能。此后与顾志新先生有缘见面，其豪爽性情印证了我早时读其字所得的印象。更在言谈话语中感到，其对创作持十分严谨的态度，主张以深厚的学养为基础，继承前人而不囿于前人，创新而不割裂传统。书家本人的创作实践，正是其创作思想的体现。

顾志新的书法诸体兼擅，楷书当以《重修天津府县学宫碑记》为代表作，以唐楷为宗，参晋人笔法，刚毅整饬之中不失温润。碑记中二十个"之"字各不相同，体现了书家严谨的作风和扎实的功力。顾志新的隶书属于朴茂一路，深受《张迁》、《衡方》、《鲜于璜》诸碑的影响，用笔方劲浑厚，不事张扬。

"隶欲精而密，草贵流而畅。"（《书谱》）从顾志新的楷书、隶书中，我们更多体悟到的是书家风格中古拙含蓄的一面。在其最擅长的行草书中，书家以几十年的书法创作经验为积淀，探究行草书的真谛，那就是用轻松简洁的书法语言，表现自然流畅的节奏和纵横潇洒的气质。所谓"矫若游龙，疾若惊蛇"，"导之则泉注，顿之则山安"。从这个意义上说，顾志新行草书所具有的创作气质，在当今书家中并不多见。

顾志新的行草书风格，可以用"简"、"疾"、"健"三个字来概括。"简"，历来是艺术创作的高境界，简而不单，笔简而意丰，方能耐人寻味。顾志新早年师承章草名家郑诵先先生，有扎实的章草功底，深知由隶入草的个中三昧。他的行草书没有故作繁文缛节的忸怩之态，无论结体、用笔，都追求简约的境界。"疾"是灵动的节奏。顾志新的行草书，有万马奔腾的气势和节奏，颖毫在宣纸上从容而跳跃，此起彼伏，令观者如同聆听钢琴曲，风雷动、云水怒、奔腾急。迅疾时如骏马狂驰，直干云霄；收束时如悬崖勒缰，险过滩平。"健"是雄强的笔力。行草书中侧锋的偶然为之在所难免，但顾志新的行草书创作始终坚持中锋用笔，严谨不苟，保证了作品在灵动的同时具有相当的张力，行中有稳，草中有力，绝不荒率。王学仲先生评论顾志新的行草书："骨力充盈，气魄凌元明而上，虽文衡山、枝指生不足过矣。"

作为一位风格全面的艺术家，顾志新在书法创作的同时涉足金石，使刀如笔，书印合宗，相互浸润。此外，他画的鱼在海内外更是颇具影响，二〇〇一年九月，顾志新赴美国访问交流，其书、画、印均在当地受到广泛欢迎，被加州蒙特利公园市授予"荣誉市民"称号，并被颁发"艺术成就创作大奖"。他说："书画艺术的根在中国，但艺术是没有国界的，只要我们执着地弘扬下去，相信祖国传统艺术之树会常青。"

（原载二〇〇一年十一月号《艺术家》）

透过刀锋看笔锋
——读卢善启书法

　　清人杨守敬曾说，清代的篆书和隶书书法"超逸前代，直接汉人"。正由于清代的篆隶书法对刀锋下的商周金文与秦汉碑版，重新用笔锋作出诠释，而且各具面目，因此也尤其得到后世书家的借鉴。卢善启在天津大学教授"中国书法学"，课余坚持创作，时而操刀治篆，时而运笔作书，新作迭出。从收入《天津八家书法集》的十幅卢善启篆隶作品来看，其篆书的厚重苍劲显然受吴昌硕影响最大，隶书的从容开张则颇多邓（石如）、赵（之谦）的意味。

　　在接受前人创造的同时，如何走出前人的窠臼，不被古人习气所束缚，常常是当代书家所着意探索的。卢善启在潜心秦汉金石、关注清人墨迹的时候，也在努力思考和探究走一条自己的路子。此时，他从事的书法史研究与创作技法研究起到了重要的作用。纵观秦汉以降篆隶书法的沿革，他发现，清人的篆隶创作是以秦汉的神理阐发时代的意趣，在踵起的诸多清代名家身上，自始至终贯穿着"继承"与"创新"两种精神。基于这样的思考，卢善启在篆书创作中，摒弃了吴昌硕写《石鼓》左低右高的结构，但延续了缶翁起笔止笔由重到轻的用笔，在起笔处间或参入《天发神谶》的方折用笔，整体上显得丰富多变。

卢善启的隶书，在浸淫汉代碑刻简帛的基础上，借鉴清人如邓石如的沉厚、伊秉绶的开张、赵之谦的流动，尤其对今人来楚生体悟更多。体现在卢善启自己的隶书创作上，我们看到的是挥运之际略带矜持、婉转之中稍加苍润的面貌。在书法技法上，行笔较快，态势灵动，飞白自然，并不显得枯燥；而起笔落笔又沉着冷静，交代清楚，保证了每个字有一定的力度。

卢善启既是书家，又是印家。书、印二艺如剑之双刃：使刀如笔，篆刻中有书法用笔的韵味；运笔如刀，作书时体会金石的意趣。更重要的是，他能以印家的眼光来审视古代碑刻，做到透过刀锋看笔锋，便不会一味地被"黑老虎"唬住，避免蹩脚地用毛锥描画刀痕，追求真正用笔墨来诠释笔墨、抒发性灵的境界。

（原载二〇〇〇年十一月十一日《天津日报》）

《东坡诗意八景图册》序

　　余素喜坡翁诗词浩然之气、快哉之风，朝夕捧诵，犹如登高远瞩，便觉晓月盈怀，可浇心头之块垒。

　　子维曾昭国先生，以富收藏而名于沽上，偶作山水，笔墨淋漓，气象清明；心旌不为时俗所动，画笔能传前贤之风。其笔墨之清、气息之朴，跃然纸上；画意之外，别有诗情。

　　辛巳新春，倩子维先生为作东坡诗意八景，并得八位书家题词，合装成册。书画合璧，幸赖东坡居士华发早生，不可不志也。

　　沽上澄远堂主人李靖收藏并记。

（二〇〇一年）

澄神静虑　舒散怀抱
——《孙荣刚书法篆刻集》跋

　　余与孙荣刚先生初识在其府上。当日荣刚先生与三五好友雅集，并非舞文弄墨，而是拨弦操琴。抬头见壁上所悬主人以写经体金书的一通《心经》，平正祥和。经书与雅乐相谐，正映出主人"心无罣碍"的追求。

　　荣刚先生是有沽上"铁笔专家"之称的巩庵冯星伯先生的高足，后经蒋维崧、孙其峰先生点拨，此三老俱以书印皆精著称。荣刚先生转益多师，志在出蓝，也走毛锥铁笔两手兼攻的路子。

　　余论荣刚先生书法篆刻有"三重"：重法、重逸、重趣。

　　"法"是法度。明人宋曹说："必以古人为法，而后能悟生于古法之外。"荣刚先生书印宗法传统，求笔底刀端皆有来历。其独步津门书坛的欧体书，即是法度谨饬，结体险劲内敛，深得率更规矩三昧。

"逸"是新意。荣刚先生的欧体书独到之处，在于以严整的结构为基础，用笔则旁参颜、褚，"出新意于法度之中"。这与乃师星翁的小篆结体大篆笔意、其老的汉碑结体帛书笔意，创新之处正是前步而后趋。

"趣"是生机。荣刚先生的书印不是一味描摹碑版玺印，其书法是碑帖互参，篆刻是印从书出，故能古而不呆，正而不板，从容地徘徊在"古意""新诗"之间，在传统中蕴含生机。

荣刚先生将携书印作品二度赴狮城巡展，其佳作集付梓前余幸有先睹之快，聊志数语以就荣刚先生方家之正。

二〇〇三年岁次癸未清明后三日，李靖谨志于沽上澄远堂。

散淡如风

——读郑连群的花鸟画

画家散如郑连群先生以善绘花鸟著称，深得乃师溥佐先生真传，更有自出妙处，在津门画坛独成一格。

郑连群的花鸟画，兼工带写，尤以工笔见长。他笔下的鸟，造型灵动，勾勒自然，用色淡雅，笔墨润泽，在求形求意之外，更求"神韵"，使得易以"标本画"流俗的工笔花鸟，在他的笔下反显得栩栩如生。

近来偶见郑连群的一些六尺、八尺大幅作品，意境十分开阔。《夜阑珊》写月色下三只仙鹤在两株松树前顾影徘徊，大地茫茫，远处层峦叠现；三只仙鹤：一举足晾翅，一仰天而鸣，一静伫观望，顾盼和谐，画面宁静而高远。松树与山峦略参写意法，正与工笔的仙鹤虚实相生。《踏雪寻梅》与《冬天的故事》都是写冰天雪地中的景象，前者是仙鹤悠闲踱步，天寒雪厚，却神情泰然；后者是鸟儿外出觅食，雪舞松枯，竟嬉戏和鸣。同是写冬景，而旨趣各异：仙鹤踏雪寻梅，置寒天于不顾，境界超脱；鸟儿冒雪嬉戏，上下飞舞，生机盎然。冬天是万物收藏休息的季节，但画家却要从中捕捉蕴藏生气的感觉，阐释"生生不息"的哲理，这就不再单单是笔墨的情趣了。

郑连群在两三年前即开始创作大幅作品，他计划用几年的时间画出一批这样的力作。他不满足于墨守陈规的画作，更不愿随流俗而转，所谓"砚田寻梦"、"泼墨抒怀"，乃是其所追求。

郑连群在八十年代曾随沽上词坛名家寇梦碧先生研习诗文，用功颇深，"中得心源"对其日后的创作产生了很深的影响。

郑连群的花鸟画，反映了其古典文学与哲学的积淀，表现出冲淡清雅的艺术追求。他主张的"画家画"，强调功力与灵性的结合，笔墨与性情的统一，因此在津门画坛能独树一帜、与众不同。

（原载一九九九年第四十七期《瞭望》）

朱墨顿作泪雨飞

——悼铁英

六月九日晚，天正下着倾盆大雨，路上行人稀少，窗外阴沉沉的。那是今年夏天的头一场大雨，已经下了整整一天。

大约七时左右，我接到朋友打来的电话，告知铁英罹难。巧的是当时我正随手翻阅铁英生前编著的《万紫千红》画册。惊闻噩耗，我将电话抛在一边，泪水止不住流了下来，不断滴落在书页上。屋外狂风大作，画册中就有铁英生前我为他撰写的嵌名联：

铁笔毛锥堪比翼，
英华墨趣各纷飞。

一

铁英是印人，是书家。他早年师事有"津门铁笔专家"之称的巩庵冯星伯先生，学艺既恭，侍师甚勤，深得星翁真传。

几年前我购得冯星伯墨迹一幅，为小篆唐人五言绝句，当时以自己眼力难辨真赝，遍征诸位书家意见，大多措辞谨慎。铁英过目后，一望即断言为真迹，并说所钤"星伯六十八岁作"之印，乃铁英所刊。这幅墨迹后经龚望先生展观，认为是冯星伯的佳作，作家先生亲题"星翁墨妙"四字。

由此可见铁英对乃师书法篆刻钻研甚深，他还曾自信地说："冯老篆书取小篆笔意，大篆结体，力透纸背，旁人难以仿效；如果真有'假冒'，也该是我写的了。"对后半段话，我是这样理解的：以铁英的功力和对星翁书风的了解，这话可以当真；但以铁英的人品和出蓝的追求，则这话纯属笑谈。

铁英的书法篆刻曾得到吴玉如、康殷等先生的指授，铁英没有以转益名师而自居，始终不忘受业恩师。两年前，他精心篆治一方"星伯门下"朱文椭圆长印，并多次发表，当属其代表作，其对业师的铭感之情也足见一斑。

二

铁英恃情仗义，广为人知。新千年到来前，他与顾志新、孙家潭先生发起，筹备《天津篆刻十家作品展》，并编选作品集。此事在篆刻界影响甚远。

当时，铁英驾车与顾、孙二先生远赴山东，请教孙其峰先生，并为组稿、校对、出版、送书等事多次开车奔波。作品集出版后，各界给予很高的评价。其中在穆奎信先生印谱中，有一方"坦荡荡"朱文长方印，其释文漏印一个"荡"字。这在常人不易发现的微小纰漏，事后，铁英却"耿耿于怀"，认为是自己校对不慎，几次表示是"一大遗憾"。

有一年冬天，山西画家崔惠民在北京中国美术馆举办个展。铁英驾车与天津几位书画界朋友前往祝贺。那天早上，天下起了大雪，高速公路禁行，只能走京津公路进京。结果路上铁英开了四个小时。参观画展后，大家又当天返回。在回来的路上，大家劝铁英休息一下，他却坚持开车，说"天气不好，把大家早一点送回家"。他自己经过整天的劳顿，已经有些疲倦。为了打起精神，安全驾驶，他竟然把车内驾驶员一侧的冷风打开，让风口吹着自己的眼睛。最终与大家安全返回。

大家相信铁英的驾驶技术，也都为他担心。不成想，最后，他竟然真的从这条路上走了！

三

铁英去世后，津门书画篆刻界人士闻知都扼腕痛惜。中国书法家协会理事会唐云来先生前往吊唁诀别；西泠印人雀堂孙家潭先生、收藏家子维曾昭国先生都说到，事后曾几次在梦里与铁英相见。天津书法家协会篆刻委员会主任董鸿程先生在向铁英告别仪式上对我说，铁英生前许多书法、篆刻的优秀作品是"站得住"的。沽上艺坛，向有文人相亲之风，大家都深深怀念着一个精力充沛、仗义执言、热心公益的书家、印人刘铁英。

余与铁英相识数载，于书画界所识前辈老师，大多为铁英在世时所引见。日前天津印社社长孙家潭先生命余属文作悼，情不敢违，谊不容辞。而往事历历在目，一下笔不知从何述起。作悼诗曰：

吾兄铁英，英年早逝。

天妒其才，遂泯其志。

早岁艰辛，苦学终日。

心有灵犀，化诸文字。

既精铁笔，尤擅书事。

一笔狂奔，"龙""马"恣肆。

大字隶书，平心和气。

其字谦恭，其人豪逸。

铁骨柔情，肝胆披沥。

天降暴雨，送君远去。

虽悲其人，亦怀其艺。

一路长歌，千樽酹地。

把酒成永别，与君无尽意。

朱墨俱化泪雨飞，书印历历长相忆。

（原载二〇〇二年七月天津印社社刊）

幽香远脉　静水深流

——读任欢花鸟画近作

当代花鸟画创作亟待走出的困境，并非在于笔墨技巧，乃是气息。一味地色染黄绢、深闺细描，并不能求索到院体乃至文人画的修远长路，甚至背离了古人赋予花鸟画创作的"寓兴"、"象征"的旨趣。

勾勒也好，没骨也罢，宋人花鸟画创作的高峰不仅仅停留在极丰富的写实手法，更重要的是给后人以"比兴"与"寓意"的启发。《宣和画谱》中说："展张于图绘，有以兴起人之意者，率能夺造化而移精神，遐想若登临览物之有得也。"这是宋人寄望借绘画直抵性灵以提升观者精神层次的最好诠释。

瞻万物而思纷，浇心头之块垒。中国画笔墨浸染之处——智水仁山，写案头胸中之丘壑；仕女高士，抒朗润清高之雅怀；禽鸟梅竹，喻坚贞空灵之性情——无不是谦谦君子自道。因此，自古一脉相承的高怀雅致的文人气息，是中国画的灵魂所在。

任欢的花鸟画创作始终追求"清"与"静"的气息，远离混浊与喧闹、杂乱与躁动、冷艳与脂粉，若淡淡幽香，似涓涓细流，宁静而清澈地散播开来，令观者平心静气，远观细品。这种趣味在当今画坛最是难得。

清人《桐阴画诀》中说："画中静气最难。"因为这要求画家"全要脱尽纵横习气，无半点喧热态"，心志、笔墨稍有躁动就会破坏这份气息。而要不把这种静气经营成沉潭枯水，又必须注入"清气"。

任欢曾说，她一年有几个月在各地写生不辍。自然的灵感带给画家无尽的启迪，浸润笔墨，陶淑襟怀，更如源头活水，"纸上春风笔上开，清气皆从墨气来"。

欲得"清"、"静"二字，在承继传统、娴熟笔墨、搜尽自然草稿的同时，还离不开画家的朗抱。清人王善在《治心斋琴学练要》中论到古琴演绎的最高境界——"清"时，用了八个字，叫做："月印秋江，万象澄澈。"操缦如此，绘事亦然。

任欢师承著名花鸟画家霍春阳教授，用笔含蓄，落墨蕴藉。近作多在其擅长的工笔之外辅以小写意笔法，工细处如一手秀丽小楷，法度谨严；写意时如一阕宋人长调，韵律酣畅。虽与乃师的大写意花鸟笔法不同，但气息之"清"、之"静"，有霍公风范在焉。"心懔懔以怀霜，志眇眇而凌云。"中国文人画气息在优秀青年画家笔下的莘莘传承，让观者分明感受到传统脉动的勃勃生机，这是最令人愉悦与感动的。

（原载二〇一一年十二月九日《新华每日电讯》）

在晴朗中找到春天

——任欢花鸟画跋语

 作为当代著名写意花鸟画家霍春阳先生的高足，在以高格调工笔花鸟作为追求的任欢面前，显然需要摆脱双重"院体"的影子：一是宋人的画院体，一是霍家的学院体。

 两宋的院体画，优美柔丽，但毕竟是深闺巧制，色染黄绢，不无"庭院深深深几许"之叹。霍春阳先生的学院派花鸟，冲雅沉静，笔墨常带"侠气"，正所谓"笔所未到气已吞"。

 任欢在浸润宋人古本的过程中，腌出"静"气，又从春阳先生的耳濡目染中，搜得"清"气。她的画中没有阴霾，没有晦暗，没有支离，没有斑驳。"静"中有"清"，最是难得。

任欢画中的"静"，是优雅中的娴静，是巧思后的沉静，决不是毫无生气的死水。你看她画中的鸣禽，幽憩在新枝上，羽翼收敛，蓄意高飞，定睛有神，深谙"万物静观皆自得"之道。你看她画中的枝条，在秋风中凝固，正是心鸟栖息的定所，叶落而枝繁，布满生机。

任欢画中的"清"，是淡而无味的清醇，是乱中求静的清幽。真水无香，但甘洌之处，正是饮者自知。她的画，墨色清新，笔法果断，没有优柔和惆怅，以画家心之清，传诸笔墨之清，给观者以心之清。

心静方能画静，神清才能笔清。对生活的热烈，对自然的向往，正是画家带给画面的高光之处。

以前曾颇识得几位美女工笔画家，但都是誓做宋人第二的那种。黄绢上笔分五彩，全是古人的本子。这深闺细描，不觉就自怜起来。那金丝雀儿，也不经意就进了笼中。看那样的画，有如在冷宫中寻找春意，不禁打颤。

任欢的画更多是寻访自然中舒畅的气息。"脱俗书成一家法，写生卷有四时春。"她勤奋写生，得心源更师造化。旁逸的斜枝，顾盼的禽鸟，凝露的竹叶，含苞的新蕊，全是采撷自然的刹那，心定神移，刻画在笔墨之间。

在她的笔下，高秋也不是寂寥，反倒多几分春潮，纸本上染就的色地，也同样是亮色，看了让人心情如鸟羽般蓬松，思绪也就振动起来，向往那高天流云。

花期苦短，候鸟流连。好在有年轻画家充满生机的心思与画笔，让我们没有眼泪，也没有忧伤，感知深藏在最低微的鲜花中的思想的脉动，领悟闪烁在未名的鸟羽间的性灵的光辉。

（二〇〇六年十二月十二日）

所向无空阔 万里可横行
——周奠定书画观后

军旅书家，自古以来，代不乏人。颜鲁公气势开张，古法为之一变，所书《祭侄稿》被后世推为历代行书"榜眼"。岳武穆一通《满江红》慷慨淋漓，后人不愿更多考证真赝，宁信其满门忠烈定当有如此的墨宝传世才是。人们要从军旅书家的字里行间参悟书法与兵法的相通之处，更要看看"智、信、仁、勇、严"集于一身的沙场将帅，一旦面对映霜四尺生宣，又该是一番怎样的文武张弛。

周奠定携笔从戎三十余载，行伍之间临池不辍。奠定的书法，早年从唐楷入手，以柳体字奠定了稳健的结构；中年习草，对怀素、张旭心摹手追，更参文徵明的草书笔意，因而能做到流而不滑，迟而不涩。

奠定的书法，以"稳"胜，不尚狂躁。清人刘熙载说："草书居动以治静"，"为之者不唯胆大，而在心小"。文徵明的草书，从智永《千字文》来，端庄流美，不尚狂肆。奠定的草书在章法上受文徵明的影响很大，正是放怀大胆、落笔谨慎，能做到动中寓静，形散而神聚；看似纵横挥洒笔走龙蛇，实则行笔蹈矩一气呵成。

奠定的书法，以"巧"胜，不为丑拙。清人傅山的"四宁"书论，对后来的书法创作影响很大，但也遗患甚远。当代书法创作中即不乏"故托丑拙"的书风，以丑为美，最终美丑不辨，买椟还珠。奠定的书法，追求"大巧"、"中和"之美，无论用笔还是结体，都不强颜丑陋，自然而流畅。

奠定的书法，以"力"胜，不求形媚。奠定早年习楷，打下了坚实的笔力基础，后来又浸淫汉隶《张迁》、《石门》日久，深谙中锋行笔之道。《孙子兵法》说："方则止，圆则行。"兵法如此，书法亦然。奠定书法追求"万豪齐力"，不逐形媚，不取侧笔偏锋，故而显得雄健挺拔。

奠定喜画马。古人常以"兵"、"马"相并称，将军决战沙场，千军不可当、万马战犹酣，是何等的壮阔雄浑。奠定画马，既写万马奔腾纵横驰骋的豪放，也有饮马秋江伫立了望的深沉，更兼相濡以沫舐犊情深的温存，意态生动，笔墨含蓄而传神。

奠定的父亲周自为先生为一代名将，诗书画造诣颇深，早岁与津门艺林交游甚广；母亲孙自敏女士年逾古稀仍寄情丹青，工笔草虫，写意花鸟，情趣盎然，平淡天真。奠定幼承庭训，在数十年军旅生涯中，始终没有停止对祖国传统书画艺术的追求。

素练风霜起，沙场秋点兵。读奠定书画，常能令观者体味到书法与兵法融通的妙处。兵法说："其疾如风，其徐如林；侵掠如火，不动如山。"观者在品读奠定书法时，不难发现其挥洒笔墨时的徐、疾、动、静；不难想见作为一名军旅书家，落笔时当是怎样的气吞万里、壮怀激烈……

（原载二〇〇三年三月中国书画报社
《周奠定书画集》）

带着露水的触摸

——贺刘新华《触摸生活》平遥画展成功

　　去年十月，去天津开发区瞻仰新华兄的画展，题名曰"身边生活"。此前，对新华兄是只闻其名，冒雨开车去看画展，其实是心怀忐忑的。不成想，看了画，心里更加忐忑。不知道，如此喧嚣的画坛，竟有如此画家以如此心境操如此笔触抒发对如此生活的如此感受。

　　新华的笔墨是"逸笔草草"，我评价他是"闲云散淡轻舒卷"。如果你是学院派，自然可以从新华的画中搜索到黄宾虹、吴冠中，乃至倪云林的影子。但新华的追求，岂止是笔墨。那正是"写生卷有四时春"。在他的笔下，男人，很酸腐很奢想的男人；女人，很自然很"洒""脱"的女人；男人和女人，惺惺惜惺惺地吸引到一起的男人和女人，都是满面春光地走到我们面前，没有廉价的羞涩，也没有豪华的委婉，就那么直接，那么鲜活，活脱脱地，在我们眼前晃动。

如果说去年的"身边生活"是画家"看"到的，那我宁愿说今天的"触摸生活"是画家"摸"到的。这区别也影响了做壁上观的我们。我们看着看着不禁也伸出小手来，轻轻地、轻轻地，试图触摸这些画作，乃至画中的生活。这生活就在我们"身边"，仿佛久违了一般，这一"触摸"，备感新鲜。

感谢画家带给我们这带着露水的触摸，让我们珍惜这带着露珠的生活，是那样的鲜活，那样的灵动，那样的属于你也属于我。

真想亲往大红灯笼高高挂的古城拜观新华的新作，况且又欠了新华兄的"画评"的文债，好在有逸梵的网上展览。谨草此文，祝新华兄平遥画展取得成功。

（二〇〇八年九月二十七日）

《珺堂印痕》序

盖篆刻若不以金石为旨归，单独刻划，纵使高歌铁板抑或吴带当风，亦终归小道。正由于此，近百年印学史依托金石考古而日益丰赡，眼界之宽、考据之富，不让古人。

元朱文印创作经过西泠诸子熔铸陶冶，至二十世纪初峰回路转，形成两座高峰，分别为鄞县赵叔孺先生、仁和王福庵先生。沙孟海先生《印学史》评赵印"端严大方"、王印"茂密稳练"，自是印家法眼。赵叔孺传脉六十余人，王福庵创社于西泠，后世元朱文印创作未有不以二老为宗者。

继有平湖陈巨来先生，将元朱文创作推向极致，无直不刚，无曲不柔，被乃师赵叔孺先生推为

"元朱文为近代第一"。二十世纪八十年代，陈著《安持精舍印冣》在沪上出版，一时洛阳纸贵，后学竞相借镜赏析。

珺堂刘斌先生，北人南韵，浸淫宋白元朱日久，博观约取，取法乎上。其从师当代著名古玺印收藏鉴定家、西泠印社理事孙家潭先生，入手既高，入眼尤富，运刀如笔，落必有由。观其元朱文印作，简洁爽利，气质高锐，若幽篁独坐，毫无忸怩之态；其满白文印作，工稳矜持，宽博静致，若秋江钓艇，满目快哉之风。

元朱文创作双峰并峙、后浪迭起之际，珺堂刘斌先生心旌不为时俗所动，沉潜修炼。以学养印，以书润印；以印证古，以印洗心。其印作多得当今篆刻界、收藏界嘉许。日前，刘斌兄出示近作，爰略述观感以为引言。

辛卯大雪后三日，李靖序于沽上澄远堂。

（原载二〇一二年五月四日《新华每日电讯》）

黄的是色，红的是血

　　我的好友、武当传人剑路热情地把他的妻舅马践推荐给我们，说他是"艺术家"。我说，叫"艺人"多好，又民间，又原生态；添个"家"字，看上去颇像流氓。

　　这话着实刺激了身在武林的剑路，开始不停地从视觉上蹂躏我。他唯一的做法就是，把马践染缬的作品，一张张地搬上他的博客，显摆，不休止地显摆。

　　这当然有些过分。后来彼此妥协，他答应代我求大舅一件作品——"旺旺"。

　　染缬是西部民间美术工艺的一种，跟布、跟蜡、跟染色有关。我们常说的蜡染，其实是染缬丰富工艺的一部分。因此，从工艺上说，染缬要比染蜡繁复，从色彩上说，染缬要比染蜡缤纷。

看染缬作品，遗留了许多远古之风。那单一的透视，夸张的比例，联想的造型，如同古代的壁画与崖刻。

这在桂北原本"传女不传男"的手艺，被大舅从他的奶奶那里承继了下来。这好比把一碗热烘烘的蜡油，猛然浸入深深的冷水里，生出枝杈，变成了蜡制的盆景。

马践就是这样的艺人。他把手艺学到手后，浸润在自己的涵养里，把昔日桂北女子裙裾上的美丽图案，剪影到了画框中，悬挂在了厅堂上。你看他的构图，丰满而不外溢；他的图案，神奇而不狡黠；他的颜色，缤纷而不艳媚。特别是他立体的透视，那肯定超出老祖宗的想象了。

张张作品，流露了一位受过学院教育的民间艺人太多太多的想法和追求。

芦笙吹起的地方，水塘边的苗寨里，我们看他慢慢剥去龟裂在布上的蜡痂，剩下片片斑驳的颜色，那黄的是色，那红的是血。

（二〇〇六年十二月八日）

一将当关　悬崖立马
——稚心斋藏罗绕典七言对联跋语

　　在湖南中部资水中游，距长沙两百多公里的地方，有一方古老的土地——安化。那里曾经出土过数万年前新旧石器时代古人类留下的遗迹，在宋朝中期就已置县。智水仁山，钟灵毓秀，地灵人杰。有清一代名将罗绕典，就出生在这里。

　　罗绕典（约一七九〇——一八五四），字兰陔，号苏溪。《清稗类钞》中记载，罗绕典少时在岳麓读书凡十二载。道光八年（一八二八），顺天乡试中举；次年成进士，选翰林院庶吉士，散馆授编修。道光十四年至二十三年历任顺天乡试同考官、四川乡试正考官、山西平阳（治所在今山西临汾）知府、陕西督粮道署按察使、山西按察使等职。道光二十四年，任贵州布政使。力陈黔省鼓铸"五难"，改革铅厂章程，清厘款库，增加库储三十万两，购储皇粮五万石，深为云贵总督林则徐赞赏。道光二十九年，升湖北巡抚，拒收盐商贿赂银数万两。旋因丁忧回籍。

咸丰二年（一八五二），太平军入湘。罗绕典奉旨帮办湖南军务。六月至长沙督工役筑土城于南门，未就，太平军驰至。罗与前抚骆秉章、新抚张亮奎等率兵勇数千登城拒守。于城内修筑月城，开挖内壕；并以重金驱使兵勇焚毁城外民房数千，长沙围解。太平军长驱北上，湖北荆襄人郭大安、杨连科等率众响应。罗奉旨驻防襄阳，镇压起义军。

咸丰三年五月，罗调任云贵总督。咸丰四年秋，贵州斋教首领杨喜龙率起义军攻占桐梓、仁怀（今贵州赤水县）。围攻遵义，黔西南震动。罗绕典督令巡抚、提督集兵二万镇压，并亲率精锐兵勇千五百人驰赴遵义攻陷凤凰山、红花岗等山寨，遵义围解，旋进攻义军根据地雷台山，途中中风而死。

传说罗绕典"生而有文在手"，在词馆专心研究经世之学，因有"吏才"曾得到曹振镛、潘文恭等人的力荐。罗有一首《固关》诗，其文采可见一斑：

天险真堪骇，危城跨众山。

千秋谁凿空，一将许当关。

窄径蟠蛇曲，悬崖立马艰。

时清少荆棘，铙鼓亦宽闲。

在云南秀山的慈人寺内，塑有明朝建文帝和追随他流亡的几个大臣的像。慈人寺的寺名是由明代状元杨升庵书写的。罗绕典在这里还留下了一副对联：

僧为帝，帝亦为僧，一再传，衣钵相缘，从头可溯；

叔负侄，侄不负叔，三百载，江山安在，到底是空。

当为其出任云贵总督时所做。

罗绕典虽为清代翰林，但其书法作品向属少见。沽上书法名家顾志新先生，早岁苦心搜藏，得到罗书七言对联一副。联曰：

倚天照海花无数，

流水高山心自知。

款署"苏溪罗绕典"。

从此副对联的书法上看，罗书是颜风柳骨，兼有苏字的快哉浩然之气，笔墨在中庸，结字有奇险，不乏刀光剑影，毫无官阁颓靡之态。

安化今属湖南益阳。在大荣乡李家村，有绕典墓，至今保存完好。

志新先生南行，将以罗书捐赠岳麓书院，在"惟楚有才，于斯为盛"的宝地，使湘学墨宝"纳于大麓，藏之名山"，自然是墨林盛事，功德无量。爰略记如上，以志先睹之快。

岁在丁亥清明前二日，李靖拜观敬题于沽上澄远堂。

（二〇〇七年四月四日）

小考证一例

　　近于友人处见华世奎正书四条屏影印件，原迹字大如拳，每条两行，计正文七行，落款一行，气势如虹，当是阁老晚年精品。但初读难辨句读，原文如下：

　　只耳兽啮环长唇鹅臂喙

　　三趾下锐春蒲短两柱高张

　　秋菌细君看翻覆俯仰间覆

　　成三角翻两鬐古书虽满腹

　　苟有用我亦随世嗟君一见

　　呼作鼎才注升合已漂泊不

　　如学鸱夷尽日盛酒真良计

款题"东坡古铜器诗"。

考《苏轼全集》中确有其诗，题作："胡穆秀才遗古铜器，似鼎而小，上有两柱，可以覆而不踬，以为鼎则不足，疑其饮器也。胡有诗，答之。"

只耳兽啮环，长唇鹅擘喙。

三趾下锐春蒲短，两柱高张秋菌细。

君看翻覆俯仰间，覆成三角翻两觜。

古书虽满腹，苟有用我亦随世。

嗟君一见呼作鼎，才注升合已漂逝。

不如学鸱夷。

尽日盛酒真良计。

检《皇宋通鉴长编纪事本末》载有其事，曰："东坡尝得古爵而不识，诗云：'只耳兽啮环，长唇鹅擘喙。三趾下锐春蒲短，两柱高张秋菊细。'疑其饮器也。"

厚甫按："鼎"系肉食器，容量较大；"爵"是斟酒或饮酒器，容量又较小。诗中说，"才注升合已漂逝"，可见容量居中。况且"爵"是古青铜器中的典型器形，东坡不会像史书中说的"得而不识"的。但坡公末句断言"盛酒真良计"是大才子的聪明见识。而题目中说"疑其饮器也"，又是诗人揣测了。

古青铜器种类众多，用途分工明确，盛酒、斟酒、饮酒、调酒均各司其职，不得含糊。依据全诗描绘的"只耳"、"长唇"、"三趾"、"两柱"，推断这当是古青铜器中的一种"斝"。"斝"是灌酒器，古时洒酒祭祀行"灌礼"时使用。

又，华七爷将"漂逝"误作"漂泊"，不合原韵而落款未注，致使初读者更难以句读矣。

（二〇〇八年十一月二十九日）

毛扇小考

  诸葛亮手执羽扇，妇孺皆知。《太平御览》卷七百二引《语林》云："诸葛武侯与宣王（司马懿）在渭滨将战。武侯乘素舆，葛巾，白羽扇，指挥三军。"而宋刊《艺文类聚》的引文则有所不同："诸葛武侯与宣皇在渭滨将战。宣皇戎服莅事，使人视武侯：乘素舆，葛巾，毛扇，指麾三军。"这里说诸葛亮所执为"毛扇"，而不是"羽扇"。

  毛扇与羽扇不同。毛扇是魏晋清谈家经常手执的一种道具，用麈尾制成，又叫"麈尾扇"。麈是一种大鹿，尾巴较短。古人将其尾夹在特制的柄中，成为毛扇。因此，毛扇的形体实际上并不是很大。这可以考古发现的早期壁画为证。

毛扇最初并不是一种道具，而是一种实用品。东晋王导的《麈尾铭》说麈尾"拂秽清暑"，"清暑"便是指毛扇而言。自魏以降，名士执毛扇清谈方成风气。

毛扇还不仅是一种名士雅器。《世说新语》载：庾翼为荆州，"以毛扇上成帝"，这是下对上献毛扇；《晋书》中王浚送给石勒毛扇，是上对下送毛扇。毛扇似乎又成为了某种身份、权力的象征。如此看来，诸葛亮以毛扇"指麾三军"，亦得风气之先。

除了用于制作毛扇，麈尾还被制成拂尘，用于"拂秽"。《埤雅》卷三《释兽·麈》中，即有"其尾辟尘"的说法。

（原载一九九〇年一月二十三日
《人民日报》海外版）

梦华室藏汉"常山左三"虎符跋

《史记》、《汉书》皆载"虎符"，后人言虎符则称始自汉文帝。王静安始据出土实物考证，始皇并天下前已有此物。马叔平谓：虎符之兴，在秦以前；"汉初未遑制作，至文帝始为之"。

按，兵符右在内，"留京师"，左在外；右虎符背上有错金书"第一"至"第五"者，国家当发兵，遣使者至郡，乃与郡守合符。

今观梦华室旧藏虎符一副，左右完具，右符背错金篆书"常山左三"四字，符阴有三角形笋。检王静安《隋铜虎伏跋》一文，记有同制虎符，载"潍县陈氏藏"，当与梦华室所藏相同而失其左者。

按，常山即恒山，为汉时所设郡，避文帝讳乃名常山，今在河北正定一带。

梦华室主人子维曾昭国先生出示珍藏，爰识数
语，敬志眼福，并题绝句曰：

汉家烽燧动千军。马踏常山战鼓闻。

度尽劫波云已淡，虎符合处不容分。

庚辰秋杪，李靖跋于沽上澄远堂之北窗。

（二〇〇〇年）

京剧像配音

职业出版人老六带领一班人历时三年多创意拍摄制作的大型画册《青衣张火丁》，大年十六寄到。十二开厚厚两巨册，老六给定了个价：六百六。网购还打六折。就这么一路"六"了下来。

画册的摄影师都是国内一流的舞台摄影专家，据老六说总共拍了近六万张素材，换了多个剧场。书是软精装，封面是水红色，像青衣穿的夹袄，外面是硬函套，是布衣那种蓝，左侧还开了个"襟"。最近见到多种类似这样"硬中软"的图书包装，如此的煞费苦心还不多见。

张火丁是目前首屈一指的程派青衣，今年正是不惑之年。她找了个好老师：赵荣琛先生。为什么这么说呢？赵先生用戏词来说那"本是宦门后"，骨子里透着儒雅。因此，赵先生身上的程派，在"贫贱不能移"之上，又加了"富贵不能淫"。除此之外，赵先生还是优秀的戏剧教育家，口传心授，晚年用近三十年时间，培养了大量程派弟子，功德无量。

张火丁追随赵荣琛三年，是赵先生的关门弟子，不仅学了正宗的唱腔身段，还学到了很多赵先生晚年对程派的独特心得，这是最宝贵的。

张火丁的程派艺术，可用四个字来概括：清、冷、沉、凝。一出场就是清气扑面，骨子里是暗香浮动的冷艳，做派沉着不漂浮，凝神端庄。如果用老先生们的话说，叫"避尘"。就是说，那范儿有如避尘珠一般，一亮相，连剧场里的尘埃也登时落定。要是放在旧时的戏园子里，沏茶倒水的小二能把水倒桌子上——信不信由你。这不是靠艳丽的化妆，或是华丽的唱腔，而恰恰相反，是那种"晚艳出荒篱，冷香著秋水"的冷香。

过去搞过"京剧音配像"的巨大工程，如今，老六又搞了个"像配音"。将优秀艺术家的举止謦笑都刻画下来，此时无声，亦有声也。

（二〇一〇年三月三日）

慢慢微笑

　　逸梵从香港回来，带了两件礼物。原本以为她不能免俗，也要从香港舀些香水回来，结果不是。其中一件礼物是一本书。

　　书在那边既贵，回来时还麻烦，但她还是带了。书名叫《如果你爱上一家书店》，是台版。这是美国书评作家、小说家刘易斯·布兹比的一札随笔。书封面选的是德国画家布赫兹的作品：远望是蔚蓝的海天一色，一只海鸥在晦明间飞翔；近处一张朴拙的木桌上垒书如柱，托举着一盏晕黄的煤油灯似航标灯塔，书的脚下是一杯茶。

　　逸梵将书递给我时，顺口说了一句：很像你的文章。这让我想起有一天晚上送安回去的晚上，在车上听布仁巴雅尔的 CD，安也是顺口说了一句：很像你的气口。

其实爱上一家书店是很难的事情。书店不是书房，众口难调。算起来，逛书店大概有三十多年了。小时候要做很久的公交车才能到和平路的书店，那时常去的有三家，一是百货大楼对面的一家新华书店，一是靠近滨江道的古籍书店，再有就是在和平路中段的少儿书店。现在经常去的，只有天泽一家。曾经和朋友说：我不在书店，就在去书店的路上。

北京的朋友德公知我爱茶，特意委托令兄从家乡杭州快递了今年的新龙井。"贡"牌龙井，顾名即知其品。我给德公回信息说，这几年因为贵再加上上品少，从龙井转身到了铁观音；好比追少女不成转而追少妇。德公一笑。

若干年没有喝龙井，连茶具也没有备。一般说来，龙井碧螺春之类的新鲜绿茶用玻璃杯冲泡是最好的，因为散热快，不至于把茶烫熟。但总觉得少些味道。于是从茶店找来泡花果茶的玻璃壶，巧的是这壶也是台版，名字起得实在风流：贵妃壶。片片新芽在壶内伸展，宛若神仙。仙女贵妃，也算般配。

好书香茶，惬意之余，不能忘了朋友。有了这样知己的朋友，生活就会如同书页与茶叶一般，慢慢地、慢慢地，微笑着舒展开来。

（原载二〇〇八年八月三十日《天津日报》）

书店是城市的倒影
——贺天泽书店十周年

天泽书店已经十年了。还是那一爿小店，店内从没有拥挤不堪或摩肩接踵的情形，三五读者，或悠闲地在畅销书展台前走过，或静静地在文学书架下捧书而读。

走过十年的道路，少不了一分执着，少不了一分坚忍，少不了一分淡泊。经理是高挑的女子，长年的齐颈短发，毫不张扬。好像她四季都拒绝平底鞋，使原本的身材显得越发挺拔。语气总是平和的，连在里间冲着电话发火，声音都不焦躁。也曾经听她说要搞紫砂壶等等，但过眼云烟，只有"书"，最难割舍，最放心不下。

书店前有块很小的空地，每次去都不忍将车停在店门前，总愿意停在较远的地方，然后走几十步路，踱到书店。在心里，书店是要慢慢、慢慢靠近的场所，这样心也就慢慢、慢慢地静下来，等待接下来的抚摸与翻阅。

书店是一个城市的倒影，映出这个城市里人们的行色、心态，乃至面庞。天泽书店，就是这样的一泓倒影。在店里，在灯下，在书中，隔却窗外喧嚣，展卷之余，觅得一方清静与安然。

（二〇一〇年二月三日）

潮州三宝

入伏头一天上午，儒兄寄赠的凤凰单枞到了。当晚，将她先前寄来的"饶公壶"和四盏精致的小瓯刷洗干净，点燃日前与山丘新买的沉香。开壶品茗的盛事由此开始。

乌龙茶按产地可分三派。一是福建乌龙，以大红袍、铁观音著称；二是台湾乌龙，主要是冻顶乌龙和文山包种两品；三是广东乌龙，尤以潮安的凤凰单枞为代表。两年前，广东的朋友来，邀去品铁观音。他们一边品，一边不住地说：可惜我们的凤凰单枞产量太少。仿佛乌龙茶是因为凤凰单枞产量少而使铁观音"竖子成名"似的。

由于新壶未经茶煮，所以开壶的茶未敢投放过多。用茶则舀出，但见色泽乌润，条索紧直。由于放茶少，冲水后省去了"刮茶"一道。出汤后，汤色澄黄明亮，香气高锐。入口回甘，花香浓郁，果然上品。

我们常说的功夫茶自然是指乌龙茶，但最考究的是广东乌龙茶，当今台湾的茶道便是糅合了广东功夫茶和日本茶道的诸多茶艺。比如岛内著名品牌"陶作坊"就有风炉和玉书煨，这当初都是广东功夫茶的家当。如今，电磁炉便当了许多，再不必烧炭了。

品茶之余，向往潮州。古人说：物华天宝，人杰地灵。潮州自是福至心灵的宝地，更有"三宝"。第一宝是人杰：那就是当今大学者、年逾九旬的饶公宗颐先生，先生虽然久居港九，但生于潮州，自然是潮州人的骄傲。第二宝是物华：潮州木雕海内驰名。第三宝是天宝：就是这上天赐予的凤凰单枞了。海拔千米的乌崶山，矗立着三千多株百年茶树，烟云供养，恰似仙葩。

感谢儒兄的美意，使我持瓯把盏之际，对五千年历史的潮州心驰神往。"到广不到潮，枉费走一遭。"几次去广东，看来都白去了。于是与儒兄相约，要与她共回潮州。

（原载二〇〇九年七月十八日《天津日报》）

核雕记

明朝有个魏大中，乃是万历年间的进士，官做到朝廷六科的给事中。这个官不算大，也就相当于今天的正处，但权力很大。皇帝交各衙门办理的活儿，由六科每五天注销一次，如果有拖拉或办事不力的，六科可以向皇帝报告。六科还可以参与官员的选拔，列席皇帝御前会议，审讯有罪的官员。最为重要的是六科有封还皇帝敕书的权力，皇帝的旨意六科如果认为不妥可以封还，不予执行。

老魏就是这么个官。但他有个秉性，好"看不惯"。他看不惯的恰是他的本家：宦竖操帮的"九千岁"——魏忠贤。

大中凭借职务之便，一个劲儿地参劾魏宦官，有时是直言弹劾，有时是旁敲侧击。这让忠贤好生恶心。这宦官大多心思狭仄，起初或许压根瞧不上大中这等小官。但总闹腾，也挺烦的。于是乎趁收拾东林党时搞了一小手，玩一玩。

大中参劾魏宦，都是有事有实的。忠贤这一反手，就不那样玩了。随便给大中捏了个受贿坐赃的罪名，数目也不算多：三千两。大中的囚车路过乡里，数千乡亲相送，其中跟在囚车后面跑的就有他的长子魏学洢。大中是耿直人，冲儿子说了句："覆巢焉有完卵？父子俱碎……"谁承想一语成谶。大中死于囚牢，学洢领了父亲的尸首回乡。这还不算完，父债子还，学洢也因朝廷追"赃"入狱，抑郁而死。

魏大中死时刚过天命之年，学洢也就三十来岁。待到魏宦倒台之后，大中父子得以昭雪，大中被追谥"忠杰"，学洢被表彰"孝子"。

这魏学洢有篇文章收入中学课本，叫《核舟记》，提到核雕。中间有一句话写得细致："天启壬戌秋日，虞山王毅叔远甫刻"。虞山在常熟，可见这微雕的核舟属于核雕中的"南工"。

核雕历来讲究"南工"、"北工"。鉴藏者大多推崇"南工"，以为"南工"精细，手雕成分多些。

其实这样偏向"南工"有失公允。每一件工艺品都是工艺师的手艺之作，都应当被尊重，都有收藏的价值。

"北工"可能确实是机雕多一些，但我觉得线条简洁干练，也算一派风格，不必一概抹杀。"二剑"就是近来"北工"的高手，据说是个作坊名字，并非人名。在潘家园不难寻到，但也鱼龙混杂，有的也是托名的赝品。"二剑"的核雕选核整齐考究，花点少，雕工在"北工"中属细致一路了。

由新得的"二剑"核雕罗汉手串，想到核舟，记起魏学洢，还有魏大中的"那些事"。不知学洢当年饮恨坐狱时手上有没有把玩那件微雕的核舟，也不知此物如今流落何方。近四百年的光阴，核雕的手艺还在，核舟则已成往事了。

（二○○九年四月三十日）

跳槽高手小儿吕布

"三姓家奴"是骂人的话。这话出自张飞之口，在《三国演义》的"破关兵三英战吕布"那一回。评书名家姜存瑞说到这一段时声色并茂，叫做"小儿吕布，三姓家奴"。其实这话吕布受之委屈。

"三姓家奴"的"三"如果按照古文用法来分析，可以理解为"多"的意思，就是有好几个爹。但《三国演义》中的说法似乎是实指：奉先自姓吕；后来作了丁原的义子，可以姓丁；再后来认董贼作父，又该姓董。

《后汉书》、《三国志》中都有吕布的传。一人传记在两部史书中同出，这是不多见的，足见传主在那段历史中的地位和影响。史书中没有吕布认丁原为义父的记载，只是说丁原对吕布很善待，让他做自己的机要秘书。

吕布是三国中的大人物。为什么这么说呢？近一个世纪的三国纷争，始自董卓进京，或者说始自十八路诸侯起义讨董卓。而吕布在历史的一个关键节点上干了一件震惊天下的大事：与司徒王允合谋诛杀董卓。古书上说，当时有句话叫："人中有吕布，马中有赤兔。"吕布在当时还有"飞将"之称，不仅自己骁勇善战，而且有一支精干的骑兵队伍，因而各路诸侯都不敢小觑。

京剧中吕布的戏有很多出，《斩丁原》、《起布问探》、《虎牢关》、《斩张温》、《连环计》、《凤仪亭》、《诛董卓》、《战濮阳》、《辕门射戟》、《夺小沛》、《白门楼》等。自《斩张温》以下四出连演，合称《吕布与貂蝉》。"王司徒巧使连环计"，史书上没有丝毫记载，元明两代的传奇和戏曲中有这个故事，可见在《三国演义》成书前已经流传于民间。

史书上虽然没有貂蝉其人，但透露了一点消息：说吕布曾与董卓的婢女私通。还有一次，吕布因一件小事惹恼了董卓，董卓抄起短戟朝吕布飞掷而来，吕布眼疾手快躲闪过去。事后吕布认了错，内心却埋下了怨恨。这两件事加起来，原不足以坚定吕布诛杀义父董卓的决心。王允对吕布说了一段很到位的话才起了作用：你姓吕他姓董算什么父子？他用戟扔你的时候想过父子之情吗？

《三国演义》巧妙地参透了史书上的这点消息，将前杀丁原后诛董卓形成了一个完整的链条，先是为赤兔良驹杀丁原，后是为貂蝉美女杀董卓，悖逆人理的"小儿"形象跃然纸上。

吕布按今天的话说，在当年可算跳槽的"高手"。最早发现吕布是人才的是丁原，吕布杀了他投奔董卓，董卓把原先丁原的官职给了吕布。诛杀董卓后，王允封吕布为"温侯"。因此，"温侯"之称应当是诛董之后的事。《三国演义》中，温酒斩华雄前，华雄唤吕布为"温侯"，显然是前置了。

西凉兵犯长安后，吕布逃出去投袁术，没受待见。再去投袁绍，险些被绍暗害。此后又投张杨、张邈。被曹操打败逐出兖州后，吕布去徐州找刘备。辕门射戟后，吕布先是打刘备，逼得刘备投奔曹操；后在与袁术联姻事上无常，又打袁术；最后再次联合袁术打刘备，引得曹操来战，屡战屡败，一代猛将落得个归降被缢死的下场，枭首示众，不得全尸。

《三国志》上给吕布有八字评语："轻狡反复，唯利是视。"这位跳槽高手，最终将自己断送在跳槽路上。

　　　　（原载二〇一〇年六月七日《渤海早报》）

荀彧与郭嘉

荀彧是曹操众多谋士中的翘楚，在曹操立为魏公之前，辅佐曹操二十一年，用曹操的话说，是"谋殊功异"。如果不是荀彧自己十几次的谦让，差一点就被曹操推为三公。曹操还将自己的女儿安阳公主嫁给荀彧的长子荀恽为妻，结成儿女亲家。

荀彧是较早从袁绍阵营投奔曹操的。袁绍外表宽雅，对荀彧也是奉若上宾，但尚不到而立之年的荀彧已经有了主见，觉得袁绍"外宽而内忌"，"终不能成大事"，于是弃袁投曹。

《三国志》上说荀彧为人"谦冲"，这一素质奠定了荀彧能与曹操长期合作的性格基础。曹操好"妻人之妻"。京剧有一出《战宛城》，又叫《张绣刺婶》，说的是曹操贪恋张绣之婶，张绣一怒之下降而又反，曹军兵败宛城。这是建安二年的事。恰在此时，曹操收到袁绍的一封信，词意傲慢，激怒了曹操，自恨无力讨袁，以至动怒失态。左右并不知情，都以为是曹操兵败张绣的缘故。谋士钟繇私下里问荀彧，其实荀彧已经度出大概，因为在这一年，有两件事真正让曹操闹心：一是袁绍被献帝拜为大将军，二是袁术在寿春称帝。钟繇本是荀彧举荐给曹操的，按理说说话可以随便些，但荀彧在曹操的背后仍出言谨慎，对钟繇说："主公聪明，不会追咎过往，恐怕还有别的考虑。"仅此一例，就显出与杨修自诩炫才之辈的差别了。

荀彧除了足智多谋，还多次给曹操推贤进士。早年曾给曹操推荐过一位名叫"戏志才"的颍川同乡，不幸早卒；随后又推荐了郭嘉。

郭嘉也是颍川人，比荀彧小七岁，出道后同样是慑于威名先投的袁绍，见面不久，就给袁绍留下"多端寡要，好谋无决"的八字"判词"后，拂袖而去了。

郭嘉跟随曹操十一年，曹操评价"唯奉孝为能知孤意"，"臣策未决，嘉辄成之"，给曹操的参谋得心应手。《三国演义》有一段著名的郭嘉"十胜"

论，详细对比曹操与袁绍的胜败优劣，说得原本对袁绍心存自卑的曹操哈哈大笑。这段"十胜"论，史见《三国志》注引《傅子》。其实，在《三国志》中，这段曹袁胜败论，原是出自荀彧之口，而且只有"度胜"、"谋胜"、"武胜"、"德胜"这"四胜"。"十胜"也好，"四胜"也罢，有"一胜"确是曹操高于袁绍的，那就是对身边谋士的态度。袁绍对田丰、沮授的建议，每每是疑而不决；曹操对荀彧、郭嘉的参谋，往往是信而采纳。用人之高下立现。

　　郭嘉随曹操南征北战，英年早逝，年仅三十八岁。荀彧呢，由于在关键时刻不支持曹操封"魏公"，遭曹恨而自杀，其实与赐死无异。《三国志》上说荀彧"以忧薨……明年，太祖遂为魏公矣"，这一"忧"一"遂"二字，也算得上是史家曲笔了。

　　　　　（原载二〇一一年五月十八日《渤海早报》）

贺霍春阳教授六旬晋五荣寿

如春之茂。
如阳之耀。
其长如渊，
其寿永照。

题孙家潭先生治印

追摹得古意，
游刃细雕刊。
静似花啼鸟，
急如水拍滩。
清风流石上，
巧思注刀端。
朱雀飞来语，
闲云不必看。

浪淘沙·赠曾昭国先生

眼底尽层峦。
无限江山。
丹青写照等闲看。
笔墨曾传原济法，
桂月空悬。

铁笔颖锥间。
游刃千端。
巩庵之后有真传。
摹汉追秦攀心手，
方寸壮观。

（王时敏题石涛画有"若桂月以空悬，光明洞彻"句）

赠韩征尘先生

腕运生风，墨飞如雨。
闲入林行，坐看云起。
笔染千池，诗思万里。
更引豪情，时抒新语。

题《三省堂肖形印汇》

万籁有神，
模之在人。
风袍云袖，
如错如镂。
写石得诗，
何以咏之。

题慕凌飞先生《事事如意图》

一树迎风立，
千颗映日红。
凝霜结妩媚，
带露洗玲珑。

题《墨猿图》

举目云天远，
平林第一枝。
登高长夜啸，
明月寄相思。

（《墨猿图》由曾昭国先生作画，韩征尘先生治
"明月寄相思"印，孙家潭先生刊边款。诸贤合璧，
敬志墨缘）

浣溪沙·题霍春阳先生
《古鼎梅花图》

傲雪凌寒春探迟。
遥香散漫透冰肌。
独怜古鼎逸新枝。

清影横斜云去后，
醉容深浅月来时。
更添幽梦入芳诗。

题霍春阳先生
《拟沈石田法作墨牡丹》

富贵君先占，
清闲我自追。
沉香凝彩墨，
妩媚怎相推？

题霍春阳、郑连群先生合写
《罗浮梦醒图》

月半香明暗，
枝疏影纵横。
清宵春梦醒，
疑是雪初晴。

题霍春阳、郑连群先生合写
《幽篁来禽图》

雨洗千竿净，
风吹月影移。
虚心得自在，
叶叶证菩提。

题霍春阳、任欢先生合写《安居图》

和合居自在，
俯仰亦安然。

题《岁寒三友图》

如此高标世岂多。

冬温夏凊任婆娑。

平生一践桃园义，

正气凌云享太和。

题侯春林先生《湖山揽胜图》

湖外扁舟任迢迢。

自在山林自在樵。

诗人把酒吟不得,

高秋一唱破寂寥。

题曾昭国先生《溪山隐居图卷》

何地遐游景物殊。
苍山野瀑隐秋梧。
子维妙手神来笔，
万里云天入画图。

题《赤壁赋图卷》

古来万事付东流。
白露横江泛扁舟。
赤壁东坡今在否？
丹青写照卷中收。

题曾昭国先生临大涤子山水画

闲山偕淡水，散月伴空风。
悠悠复荡荡，郁郁何葱葱。
老翁扶藜杖，长啸对苍穹。
谁家生花笔，写我入画中。

题《云林亭子图》扇

暮霭朝晖远近间。
幽亭秀木倚清湾。
诗人最爱寒山碧，
一入云中便不还。

题《高士倚松图》

枝寒骨劲，
志远神清。
扶松阅世，
忘却营营。

题《高士看竹图》

高峻其节，
冲虚其心。
君看竹时，
竹亦看君。

壬辰端午题《钟馗图》

乌纱缓戴，
纸扇轻摇。
驱邪引福，
唯我红袍。

题马骏、任欢先生合写《观荷图》

明镜亦非台。
团团和气开。
本来无一物，
一笑见如来。

题《秋江垂钓图》

月色含枫影，
澄江万里秋。
临风山对坐，
诗思泛渔舟。

题友人临萧龙樵山水

万竿烟雨一平畴。
草木争春翠欲流。
无尽江山无尽意，
千秋笔墨付优游。

题曾昭国先生《溪山客话图》

吟罢朝晖唱晚霞。

诗人逸兴最无涯。

溪山欲雨长留客，

不问桑麻只问茶。

题曾子维先生金笺山水册页

山水清音，竹溪佳处；
高人独坐，卧听风雨。

题霍春阳、曾昭国先生合作
《竹石高士》

听泉卧石观竹影，
纯是君子无小人。

题霍春阳先生新作《兰竹图》

一心惟向月，
双清不染尘。

题霍春阳先生新作《幽兰图》手卷

芳心才欲吐，
幽谷已传音。

题霍春阳先生新作《鳜鱼图》

贵而有馀，

必仁者也。

题《白描水仙图》

潇洒云中骨,
婀娜水上仙。
凌波吟洛浦,
逸兴写婵娟。

题《一笔兰》

晴云出日早，
新蕙吐芳迟。
淡墨留香久，
东风第一枝。

戏题曾昭国先生绘《樱桃》

英华含咀漱芬芳。
点点樱红淡淡妆。
把酒今宵无足醉，
佳人常在口头香。

题吴老伯母针线绣品

　　友二十五两，武林高手也。高堂吴老伯母，常以剪刀刻纸，凡鸾凤鸳鸯牡丹之属，皆如写如绘，马良见之，亦不敢自称"神笔"也。近日二十五两兄又以老伯母绣品见示，针线穿梭，若云行水流，遂敬题数字如下，以志拜观之幸。

　　　　线似青山，针若江流。
　　　　针线过处，江山何求。

新制紫砂壶铭

刚不吐，
柔不茹。
煮水来，
吃茶去。

题钱钢先生刻赠石蝉

顽石落疏桐。
冰心仰碧空。
居高原不语，
禅意总相通。

端午佳节庆堂新得古带钩出示因赋

　　端午佳节，著名古玺印收藏家、西泠印社理事、庆堂孙家潭先生喜得古带钩，鎏金银镶嵌松石，断代战国。遂赋俚句，以志眼福。

庆堂风雅，千印无伦。

近喜带钩，索史钩沉。

端午吉利，新钩上轮。

按图索骥，断代战秦。

思彼大夫，曰忠曰仁。

一人千古，千古一人。

粽艾流香，雅颂垂云。

九霄之外，遥望三津。

土城孙氏，其志清醇。

其印好古，其人多文。

今奉楚宝，愿君长存。

镶石嵌玉，鎏金刻银。

非耀其富，乃灼其人。

因缘际会，不劳搜寻。

庆堂大喜，似梦实真。

公诸同好，共赏龙鳞。

厚甫有幸，先睹其珍。

爰赋俚句，兼怀江神。

题《中国当代名家画集·霍春阳卷》

斑斓故纸，绰约新枝。

依依风神，佼佼容姿。

健笔彩墨，春华秋实。

老霍不老，再赋新诗。

（画家常用"老霍"印一方）

题刘幼铮先生新著
《中国德化白瓷研究》

学界添重器，
古窑酿新文。
卅年磨一剑，
高标史无伦。

题注释本《双照楼诗词稿》

凌霄万古一鸿毛。

扫叶劳休遣寂寥①。

万字一评身后事②，

汗青难改是折腰。

---

① 集中收汪氏《扫叶集》、《小休集》。
② 史家余英时为注释本作万言序言。

贺卞慧新老人、夏明远老人
百岁双寿

时值辛卯金秋，喜逢津门期颐老人卞慧新、夏明远先生百岁双寿。慧老为近代史家陈寅恪先生高足，夏公为著名山水画家。特敬撰联语，以致贺忱，兼表晚学对乡贤前辈之景仰。

亦诗亦画，寓朴韵于清风，千里明峡植远柳；
不古不今，守老僧之旧义，百岁慧炬照新知。

（原载二〇一一年十月二十四日《天津日报》）

贺来新夏教授九秩荣寿

新田町町，遣闲笔作札，一苇争流出邃谷；

夏屋渠渠，以朴学修史，枫林唱晚醉萧山。

（《一苇争流》《枫林唱晚》均为先生随笔结集
书名）

赠陈四益先生

四书四史一禅一易，
益文益友清酒清风。

贺顾志新先生从艺五十五周年

志度闳深，襟怀朗润；

新诗萧飒，古意清明。

赠张金钟先生

金声玉振，集大成者；
钟鸣鼎食，居至善家。

赠刘幼铮先生

手竦长剑拥幼艾，
弦拔短琵响铮鏦。

（上联用《少司命》意）

赠李健先生

李下无蹊径，
健文有壮思。

赠马波先生

溪清可跃马；
海静不扬波。

赠寒柏先生

先劲而寒,
后凋之柏。

赠惠俊先生

惠日朗虚室，
俊风怀古人。

赠志铭同学

兴替如斯三国志，
德馨在兹陋室铭。

赠叶柳女史

叶作花朋枝上语，
柳如心絮梦中飞。

赠少如女史

少闲岁月偏攘攘，
如玉品格自谦谦。

赠可眉女史

喜看新竹呼与可，
漫卷珠帘扫峨眉。

挽花鸟画家萧朗先生

萧散淡薄，描几笔草虫，落墨胸襟真见大；
朗润清高，写一唱雄鸡，为人道德永称师。

挽花鸟画家于复千先生

花落人间，闲看荣华锦绣；
鹰归天外，吟啸苦乐江湖。

刘派郭氏八卦掌评为
非物质文化遗产

　　刘派郭氏八卦掌日前被文化部评为第三批非物
质文化遗产。好友、刘派郭氏八卦掌传人剑路兄嘱
为制联一副。

　　八卦夜战八方，似鹰似猿似龙虎；
　　一掌单传一脉，游身游意游江湖。

题啜茗阁茶艺

友如白云茶如海，
月在青天水在瓶。

题友人新赠兰寿金鱼一对

纵使小情常缱绻，
何妨大隐亦温文。

自题书房

岂我藏书书藏我，
非人磨墨墨磨人。

跋

　　古人有云：澄怀以观道，宁静以致远。澄远堂主人李靖先生尝于静思之馀，以虚怀之境品津门书画之作，味艺文逸事之情，每有所得，必记之于函札，刊之于报端，发从艺者之胸臆，启受众者之遐思，主客之间，感悟互补，其大有益于艺事也。

　　李靖先生好学博览，供职媒体，所见者大，独钟于艺。故以其所悟而谈艺，以其所知而酌理，以其所见而探奥，以其所长而绎辞，或文或白，亦词亦诗，观者识之，亦将有感于其词章之清丽、语意之洞彻也。

　　兹值《澄远堂题跋》付梓之际，余不揆庸昧，聊以试笔，非谓文墨，谨志所感也矣。

　　壬辰处暑，唐云来于津。